KB010306

외로움도
아름답다

외로움도 아름답다

초판 1쇄 인쇄 2016년 4월 25일
초판 1쇄 발행 2016년 5월 4일

지 은 이 이영옥
그　　림 차혜숙(chasddk@hanmail.net)
디 자 인 박애리
펴 낸 이 백승대
펴 낸 곳 매직하우스

출판등록 2007년 9월 27일 제313-2007-000193
주　　소 서울시 마포구 월드컵북로 260, 33동 305호(성산동, 시영아파트)
전　　화 02) 323-8921
팩　　스 02) 323-8920
이 메 일 magicsina@naver.com
I S B N 978-89-93342-50-5

*책값은 표지 뒤쪽에 있습니다.
*파본은 본사와 구입하신 서점에서 교환해드립니다.

ⓒ 이영옥 | 매직하우스
이 책은 저작권법에 따라 보호받는 저작물이므로 무단복제를 금지하며
이 책 내용의 전부 또는 일부를 이용하려면 반드시 저작권자와 매직하우스의 서면동의를 받아야 합니다.

외로움도
아름답다

이영옥 시집

Magic House
마 법 의 책 공 장

序詩

아름다운 은유의 세계
시어에 마음을 실었다

풍요롭고 멋진 삶의 정답은
시짓기에 있었다

소중한 인연으로 한권의 이야기가
낯설기는 해도
내 감성의 색깔들이
한점 빛으로 다가서는 것을 느끼게 되었다

영혼과 자유로운 방황을 꿈꾸면서
날으는 나비가 되고 싶다

제 1상

외로움도
아름답다

제 2장

바람의
그림자

제 3장

바람에게
날려 보내다

제 4장

이런 친구가
있으면 좋겠다

제1장

외로움도 아름답다

외로움도 아름답다

놓지 못해서
채워지지 않는 그리움
아름다운 영혼으로 머문다.

기억을 외면하고
상처만 가득한 순간을
사랑이란 이름으로 유영한다.

놓지 못한 미련이
아쉬움을 가져오는 오늘
외로움도 아름답다.

친구

물길 같은 기억 돌려 세우고
우리들의 재잘거림 불러본다.

밀려드는 추억
꿈속에서 출렁거린다.

우정은 시간 속으로 사라졌지만
함께하던 친구들
봄이 되면 초대를 받는다.

세월에 실려 간 추억이 그립다.
라일락 피는 계절을 좋아했던 우리들
이 봄에도 초대한다.
향기가 진하다.

들꽃

비탈길에 피어난 들꽃
이슬 머금고 아침을 연다.

발자국 소리에 놀라 기도하는 들꽃.

꺾지 마세요.
꽃을 피워야 하고
향기 날려 나비도 부르고
길손 눈길도 잡아야 해요.

어버이날에

인고의 세월
정원에 묻어 놓고
낮은 모습으로만 살아온 당신.

한번만이라도
딱 한번만이라도
당신을 볼 수 있으면 좋을 오늘
그리움이 물결칩니다.

별이 되고 싶다던 당신
당신의 끝없는 사랑이 유성으로 흘러와
내안에 바다를 이룹니다.

고궁에서

보름달이 내려와
경내를 환히 비추고 있다.

위풍당당한 선비들은 어디가고
마른 잎 굴러 스산한 초겨울
찬바람 일어 옛이야기 쓸고 간다.

비운의 전설
서리서리 고목에 걸어놓고
발길마다 드리워진 무거운 그림자들.

쓸쓸한 경내 뜰에
거므스레 물든다.

만남과 기다림

그대와 인연
예쁜 꽃을 피우기 위해 만났습니다.

많은 꽃 중에 인연 꽃으로 피어나
가꾸어 온 날.

시들까 사랑과 배려로 보듬고
사랑을 새겨 지내온 세월.

세월이 흘러갔습니다.
눈을 감아도 멋진 사랑으로
피어오르듯
아름다움으로 다가 옵니다.

흐름

나날이 열리는 꽃잎 사이로
숨바꼭질하듯 찾아왔다가
어느새 뒷모습 보이고

봄의 뒷자락 밟고 올 5월의
짙어가는 실록 사이로
생명을 하늘까지 뻗게 하고
푸르름을 뽐내다가

열정 같은 여름 햇살
드높은 매미 소리
장대 같은 여름비 사이로 서성인다.

찬바람 일어나면
가을 채비에 바쁘다.
푸르름에 파랗게 물들었던 여름
붉은 색으로 달래더니
낙엽 되어 밀려간다.

흐름의 모습 지내온 겨울이
하얀 커튼 드리우고
긴 동안거에 들어간다.

공주산성

백제 왕성
웅진을 지키는 공주산성.

고색창연한 누각 아래
곰나루 옛터에 봄이 왔다.

들녘 아지랑이 누각 앞에 모여들고
봄꽃 피어있는 산성에
그리움이 일렁인다.

가을을 보내며

가을 끝자락에서
나뭇가지 흔들고 지나가는 바람소리
가던 길 멈추고 돌아보니
이야기 끝이 없다.

옷깃을 세우고
낙엽을 전송한다.

계절 따라 떠나가다
그대를 만나면

기쁜 모습으로 손 잡으며
그대를 반기리.

가는 봄

봄바람이
꽃잎을 지운 자리
초록 옷을 입힌다.
여름으로 보낸다.

봄이 가듯
한 계절이 가면
새로운 계절로 다가서는 세월.

너는 흔들림이 아름답다.
너 때문에
늘 봄이고 싶은 나도 아름답다.

변해서 더 아름답다.

가을비 1

회색 하늘에
비가 내린다.

찬바람에 밀려오는 가을이
비를 타고 내린다.

비가 내린다.
가을이 내린다.

가을비 2

가을비
나뭇잎에 떨어져
고독을 펼친다.

쓸쓸한 생각이
꽃이 되고
행복한 시간이 향기로 날린다.

찬비에 젖은 고독이
가을비에 담기고
가을로 내린다.

한 계절이 나는 문턱
내 안에서 봄 오는 소리 들린다.

이별의 끝

해 질 무렵
강둑을 걷는다.
노을 속으로 새들은 집을 찾아 날아가고

강둑엔 돌아오지 못할 강을
먼저 건넌
네 기억만 서성인다.

이제는 놓아 주어야 할 아픈 기억
오늘도 가슴에 정박한 채
슬프게 돌아왔다.

나도 너 따라 강을 건너가야 끝날
그리움. 그리움!

진달래꽃 속 어머니

진달래꽃으로
지천을 태우던 무렵
봄비가 잠시 숨고르기 한다.

십 수 년 지내고도
꽃빛으로 스며드는 그리움.

오늘도
진달래 핀 산길에서
어머니를 찾는다.

물어물어
진달래꽃 속에서 만난 어머니
내 가슴에 진달래꽃 피어놓고
꽃을 따고 계신다.

해마다 봄이면
어머니 그리워
내 가슴에 꽃물이 든다.

새 달력 앞에서

살아 보지 않은 날들
내일을 기다리는
네모 속의 글자들
희망을 안고 수군거림 왁자하다.

어떤 흔적을 남길까
내 앞에 희망을 안고
초침이 바쁘게 지나간다.

힘들게 올랐던 언덕
버리고 싶은 미련
한해 속으로 사라지고

화사한 봄이
들판처럼 펼쳐진다.
가슴에 봄이 돋는다.

섬

모래사장에 앉아
외로운 섬이 된다.

파도는 섬 가득 맴돌다 가 버리고
섬은 혼자라는 것을 알았다.

별을 안고 있는 바다에
적막이 흐를 뿐
파도소리 들으며
영혼 실은 바람과
이야기 끝이 없다.

달빛 물든 바닷물에
별이 쏟아져 꽂히는 곳에서
섬은 바다가 된다.

살아간다는 것은
가슴에 섬을 하나 안고 가는 것.
섬의 기다림이다.
섬은 사람이다.

coffee

나에게는
늘 사랑으로 만나는
친구가 있습니다.

오늘도 마주앉아
이야기 합니다.

coffee
그대가
내 친구입니다.

날 닮은
친구입니다.

나비

몇 번을 망설이다
땅에 앉지 못하고
떠나는 가냘픈 나비.

명주천 날개
여린 몸짓으로 강을 건넌다.

살아간다는 것은
꽃이 핀
가시밭을 헤쳐 간다는 것.

강물에 앉았다가 날개 젖고
숲속에서 마음껏 날지 못한 기억.

산다는 것은 늘 혼자라고 생각했다.

외로움과 그리움도
같이 간다는 것을 늦게 안 나비

나비가 날아간다.
그렇게 살아간다.

가을 길목

황금 비단 펼쳐 깔아놓은
빛살 아롱지는 들판에
꽃잎 한 점 허공을 수놓은
붉은 잠자리 춤.

가을을 부르는 몸짓
황금 들판의 흔들림
금빛 햇살 환히 퍼지는
들판 저 너머로

넘실넘실 가을빛이 춤춘다.

그리움의 화석

당신을 기억합니다.
아름다운 계절에는 꽃을 건네주고
외로울 땐
안아주던 당신.

지금은 가슴에 남아
그리움으로 피어납니다.

올해도 봄은 와
내 앞에 머물고
잊혀지지 않는 언덕에
당신의 그림자 드리워져
나를 찾는 봄.

당신의 그리움이 오늘도
화석으로 자리 잡고 있습니다.

봄이 가네

봄비에 꽃이 진다.

봄걷이 한 자리에
꽃길이 놓인다.

길 따라
이야기 쌓이고
그리움이 동행한다.

바람 따라 가는 봄
내 안으로 들어선다.
나는 아직 봄이다

가는 겨울

보슬비 속에 봄이 흐르는데
찬바람에 보름달 숨어 버리고
놀란 개구리 혼절했나보다.

산당화 여린 봉우리 빛깔로 여물고
곱슬 버들 물 퍼 올려
푸르름으로 치장하는데

시새움으로 부는 바람
꽃가지 흔들어 깨우고

갈 듯 말 듯 머무는 계절
봄바람에 밀려가고 있다.

봄이 오는 길목

봄을 찾아 나섰다.
싱그런 표정
반가운 생명의 분출
만물을 깨우는 힘.

겨울을 몰아내고
생동하는 모습 아름답다.

멀리서 온 찬란함이여
환영한다.

새싹의 꿈

부드러운 바람
기웃거리는 강변.

물빛 닮은 하늘
깨어질 듯 맑다.

여유롭게 깨어나는 강 버들
문양을 그리며 흐르는 강물
가슴을 연다.

지난 겨울은 모든 시름 안고
시간 속으로 사라지고

파랗게 돋아나는 새싹
새봄의 꿈은 희망으로 여물어간다.

진달래 피는 언덕

읍새가 집을 짓고
지천에 진달래 물결.

십 수 년 지내고도
마음 저려오는 그리움.

오늘도 그 언덕 바라보며
문득 생각나는 옛 추억.

젖은 신문지
거기 진달래꽃 뭉치는
어머니의 지극한 사랑
환하게 웃으시던 그 모습.

지금 내 안에서
진달래로 물들고 있다.

* 읍새(邑鳥)는 새하얀 순백의 새.

유리병의 꽃

도도한 자세
부드러운 미소.

잘린 아픈 향기로 피우고
유리병에 꽂힌 꽃.

행복한 사람들에게
즐거움 주기 위해

짧은 생
인내하고 있구나.

해질 무렵 잠수교

산홋빛 석양이 지워지고
가로등 하나 둘 자기 역할하면
강물은 아파트 불빛으로
한나절을 시작한다.

불빛마다 담긴
서로 다른 일상을
강 따라 펼치고
도시 하나를 만든다.

하나 둘 불이 꺼지고
도시가 지워지면
가로등도
이제 그 자리를 내어준다

또 하루가 간다.

고향언덕

들국화 피어있는 길
밤이 달려오고 있다.

하얀 구절초 정겹게 피어있고
나를 부르는 소리 꽃밭 가득하다.

멈출 수 없는 기억
산 넘어 흘러간 옛 일이
가슴에서 살아난다.

거미줄처럼 엉켜있는 추억
마음 한 켠에 채우지 못한
웅덩이를 만든다.

기러기 떼. 겨울로 날아간
언덕에는 네 생각이 분다.

눈 내리는 날

잔설이 내린다.
살가움으로 다가서고
나의 살갗을 적신다.
그대와 따스한 입맞춤 한다.

사랑하는 사람을 위해 내리는 눈은
강물에 떨어져 아픔을 알았다.

이리 저리 나는 모습
구애의 몸짓
작은 새의 날개처럼 바쁘다.

너의 생이 다하는 날
사랑의 눈물로 내리겠지.

오천포구

오동나무 꽃향기 가득한 밤
꽃잎에 부서지는 달빛
창가 틈으로 보름달이 스며든다.

포구에 매어둔 고깃배들
바람에 시린 세월 걸러내고

밀물의 갯벌엔
조개들 입 여는 소리
정적을 깨고

꽃잎에 부서진 달빛만
포구를 깨워
그립다 그립다

내 안을 서성인다.

새해를 맞으며

우주 속에
우리라는 둥지를 짓고
자연의 질서에 순응하며
나무처럼 살고 있다.

명주실 같은 일상으로
날줄 씨줄 엮어가며
둥지를 넓혀간다.

지나가는 계절 속에서
사랑이란 이름으로
또 한해를 맞는다.

눈부신 계절이 오면

어디인가 나를 기다리는 곳
주섬주섬 기억을 담고 떠난다.

별이 쏟아지는 공간에서
담아온 기억을 푼다.

아름다운 기억 속으로
사색의 세계를 넓혀가는
유목민이 된다.

눈부신 계절이 오면
행복을 몰고 오는
여운을 밟고 간다.

나를 찾아 나선 여행

오사카역에서 기차에 올랐다.
차창밖에는 눈이 쌓여 있고
기차는 시린 발로 달린다.

열차에
몇 안 되는 사람이 타고 있다.
졸고 있는 사람, 책을 보는 사람
모두 생각이 깊다.

차창 밖 설원이
눈보라로 따라와 안긴다.
간이역에 내렸다.

오는 사람 떠나는 사람
스치는 경계점에서 선을 긋는다.

대합실 난로에는
남기고 간 사연들이 타고 있는데
침묵이 몸을 녹이고 있다.

만남과 헤어짐이 이어지고
내리는 눈은
창 밖에서 시간을 지우며 내린다.

바람 따라 나선 여행
이곳에도 나를 기다리는 나비가 없다.
눈보라 뿌리며 열차는
설원 속으로 사라진다.

돌아가야 할 열차는
아직 오지 않고
나비는 아무 곳에도 없었다.

나비 한 마리
열차처럼 내 가슴에서 달리고 있다.

꽃의 꿈

봄바람이
꽃잎을 흔든다.

겨울을 견디어 온 봉우리
봉긋 꽃잎을 내민다.

긴 기다림에
지칠만도 한데
미소를 짓고 있다.

꽃이 지고 있다
꿈으로 사랑으로

봄

봄 동산에 새순
겹겹이 빛깔로 여물고
겨울을 배웅한다.

추위에 내몰려 그만큼 떨었으면
원망이 많으련만
바람 껴안고 하늘거린다.

서산 관음사

겨울 산자락이 싸하게 맑다.
어릴 적 손잡고 오르던 산사에
그리운 심사 일어나 산을 오른다.

나무 위에 쌓인 눈
날아가는 새들에 놀라
눈가루를 날린다.

산 깊은 곳 절에서
향 하나 피워놓고
눈물의 심연을 들여다 본다.

가슴에서 묻어나는 조용한 울음이
산을 흔들고 지나가는
산새의 깊은 울음 같은 거
시야를 흔든다.

인적 없이 아득한 고향
아랫마을 개 짖는 소리
여리게 흔들리는데
해는 산마루에 넘어가고 있다.

엄마 미안해요. 그리워요.
무거운 발걸음
눈 위에 발자국만 남기고 돌아왔다.

내 마음에 바람이 분다

바람은 쉬고
나뭇잎은 움직임이 없다.

바람 없는 내 마음에서
바람이 분다.

하늘에는 뭉게구름 흐르고
내 마음에는
그리움의 바람이 분다.

고독한 창가에
숨어드는 바람이
마음을 흔들고 있다.

봄을 기다리며

북풍 칼 바람 몰아쳐
오가는 길손 보이지 않고
처마 끝 새들
목을 움츠리고 졸고 있다.

눈 속에 복수초
봄의 햇살 기다리고
겹겹이 쌓여 월동하는 목련 봉우리
분주한 모습이네.

애절하게 울어대던
풀벌레 떠난 자리
조용히 눈이 녹고 있다.

제2장

바람의 그림자

그리움의 샘

심연의 샘.

퍼내어도 마르지 않는
그리움의 샘이 있다.

라일락 향 그윽이 자리한
잊고 싶지 않는 사연들.

그리움은 철이 없이 찾아들어
눈시울을 붉혀놓고 가는 친구
나는
너를 사랑한다.

언제인가
사랑이 무심해 지는 날
그리움의 샘물이 마를까
살아 있기를 소망한다.

승객

저만치 고향이 보인다.
평지와 고갯마루를
번갈아 오고갔던 아름다운 길.

순환열차처럼
앞만 보고 달려온 시간들.
숱한 세월에
계절이 번갈아 탑승하고
가을 앞에 내린다.

기차는 종착역을 향해 떠나고
나는 강가를 걷는다.
가슴 가득 들꽃마당
아름다운 나를 만난다.

하늘공원

나지막한 언덕길
그리움이 모여 술렁이는 갈대숲
사람들이 두고 간 이야기로 흔들린다.
푸르던 시절
기억 속으로 돌려보내고
허허로운 모습으로
가슴 시린 이들을 위로한다.

연한 바람에도 순종하는
너의 숙연한 모습에서
겸손함을 배운다.
숨겨놓은 사랑의 말들
그리움
갈대 밭이 외롭게 흔들린다.

종착역

너의 종착역
어디쯤일까.

과거라는 이름을 담아놓고
누구 찾아 가는지
그리움을 아쉬움으로 남겨놓고
흔적 없이 달려가는 기억.

시공을 넘어
바람을 가르며 달려간다.
보내지 못한 편지
접하지 못한 말 들을 수 있을까
그리움을 보낸다.

희수를 맞은 그대에게

청실홍실 엮어 지내온 세월
희수라는 언덕에서
밀레의 기도하는 농부처럼
겸허한 마음으로
감사함에 머리 숙인다.

억겁을 지나 만난 부부
때로는 꿈 찾아 헤매고
때로는 내일을 기다리며
묵묵히 걸어온 세월
신기루처럼 사라진다.

성근 울타리 속
비바람 몰아쳐도
화사한 꽃이고자
나의 정원에 묻어두고
서러운 마음
달빛에 날려 보냈지.

작은 새싹 큰 나무 되어
곁을 떠나고
덩그러니 둘이서
하얀 서리 머리에 이고
황혼에 물드는 언덕
온화하게 흐르는 냇물 소리 들으며
살아간다는 먼 길을
의지하며 걸어요.

파도가 있기에

파도가 밀려온다.
빠른 몸짓으로 내게로 온다.
꿈이라도 좋다며 달려든다.

처얼썩 싸아아!
발목을 잡고
몸부림치며 부서지는 파도.

파도가 있기에
기억되는 사랑
나는
바다로 가야 한다.

거울못

나무 그늘
수채화 꽃이 드리우고
평온한 물 위에
뭉게구름만이 바쁘게 지날 뿐
고요가 흐른다.

한때는 물새들이 가족 나들이 나와
연못을 내어주고

지나다 머무는 사람
그들 영혼의 속삭임 간직하며

애환의 일상을 담아
너그러이 품어 준다.

인적 끊긴 밤이면
별빛을 가득 담고

소나기

울고 싶은 게다
먹구름 이산 저산 날다가
높이 오를수록
슬퍼지는 것을 알았다.

비로 내린다.
언덕 위 무지개 되어
다리를 놓고 싶은 게다.
다리 지나 그곳에는
그리움이 기다리기에

눈 내리는 날

눈이 내리면
혼자이고 싶다.

오가는 길손 찾는 이 없고
편안하고 아늑함에
사르르 눈을 감는다.

눈발을 타고 찾아오는 이 기다리며
이대로 이대로 있고 싶다.

여름의 초대

넝쿨장미 활짝 웃는다.
꽃잎 흔들고 날아온 바람.

장미 드리워진 길
날마다 깊어가고
붉게 밀려오는 꽃 파도.

꽃잎 날려 비워진 틈 사이로
바람이 드나든다.

봄과 여름 사이로
마음 실은 바람이 지나간다.

해와 달

비가 내린다.
해와 달이 밀회를 시작했다.

비가 그친 산마루에
무지개 걸려있다.

우리처럼
사랑이 이루어졌나 보다.
무지갯빛이 곱다.

섬

땅거미 내려앉아
밤이 찾아왔다.

바다는 생각을 잃어가고
부둣가 찾아가는 어선들
저녁바다 부산하다.

수 많은 사연 안고
점 점 흩어져 있는 작은 섬
바닷물에 떠내려가다
가라앉는다.

남은 건 그리움 하나
가슴 가득 그리움이 밀려온다.
오늘밤도 생각이 깊어진다.

산사에서

당신 앞에 앉아
무거운 짐 내려놓고 있습니다.

내려놓은 공간에 풍경소리 담기고
바라는 마음은 대나무 숲을 흔들고 있습니다.

내려놓아도 내려놓아도
끝없는 짐
죽비로 내려칩니다.

일상이 깨어나고
한결 가벼워진 마음으로
일어섭니다.

나는 어떤 나무인가

파란 초록의 날을 갈무리하고
황금빛에 물들어 알알이 털어내는
은행나무 밑에 서 있다.

봄이면 온산에 불을 집히듯
진달래꽃 흐드러지게 필 때 부러워도 했지.

여름이면 짙은 녹음 그늘 아래
즐겨 찾기도 했지.

가을 단풍 수려함에 마음을 주고
추수하는 들판에 풍요로움 흐뭇했지.

겨울 산 소나무 푸른 모습
그의 정기 탐하기도 했지.

그들 나무로 살아
제자리에서 그 모습 아름답게
이루고 있는 것을

나는 나의 정원의 나무

바람이었다

여린 풀잎만
바람에 흔들리는 줄 알았다.

떠나가는 구름만
바람에 흐르는 줄 알았다.

흘러가는 세월도
바람에 밀려가는 것을

돌아보니
서럽도록 흔들고 간 바람.

나도 그 바람에 왔다.
바람이었다.

진달래

호젓한 산길에 진달래
잊지 못한 옛이야기
불을 붙이고 있다.

지나던 바람 내 마음 흔들고
먼 산 구구새
사무치게 서러움 토해내고 있다.

사랑으로 남은 이야기
송이송이 피어나고
내 마음에 고향되어 돌아온다.

흐름의 정의

꽃잎 사이로 왔다가
꽃잎으로 지는 봄
봄을 밟고 온 5월은 푸르다.

여름이다.
흔들리는 잎으로 왔다가
매미소리에 실려 지나가면

가을이다
빨리온게 미안해서
얼굴 붉힌 가을이다.

낙엽이 진다

앙상한 나뭇가지로 드러난
겨울이다.

나처럼 우리처럼
봄을 기다리는 가슴 따뜻한 겨울이다.

바람의 소리

빛바래어가는 갈대
밤이슬에 젖어드는 들꽃
목청 돋구어 울어대는 매미.

그들의 숨은 이야기
귀 기울여보라고
바람이 전해준다

자연의 순리에 겸허해지는
가을 소리가 들린다.

인사동 찻집에서

눈발이 창가 가득 내리는데
오늘도 그 자리에
덩그러니 커피 한 잔 나를 달래준다.

차 한 잔의 따뜻한 온기가
그대의 영혼이 되어 나에게 머문다.

뜨거운 물속에 풀어지는 알갱이
서로에 닿지 못하고
부서지는 추억의 언어들
조각되어 커피 잔에 쌓인다.

푸르던 꿈에 새털구름 되어 흩어지고
그대 영혼 어디쯤에서 꿈을 찾아 헤매는가.

우리들의 말들이 아직 남아 있는데
오지 못하는 너는 커피향으로 와
나와 마주하는구나.

저녁노을처럼 풀어져 감겨오는 커피향
가두어 두었던 감정들이 모락모락 피어오른다.

흔들리는 커피 잔을 두 손으로 감싸 안는다.
마음의 흔들림이 손에 와 닿는다.

그대 영혼 앞에서

서해바다 한적한 사찰 부석사
그대가 머무는 곳에서
사라져간 옛 이야기 풀어놓고
그리움에 잠긴다.

세상의 인연을 접고
날으는 새이기를 원했던 그대.
닫혀 있는 울타리였음을 안 뒤
그대가 쌓아온 성 안으로 가버렸구나.

하늘과 바다를 벗하며
자유로운 영혼으로
이곳에 이름 석자 남겨놓고
돌아선 그대.

줄이어 피어있는 들국화는
그대의 영혼인양
내 가슴에 그윽한 향기로 흐른다.

봄이라기에

입춘이라고
성급하게 고개내민 개나리꽃

차가운 비바람에 놀라
가지 끝으로 움추려 든다

긴 겨울이 지루했다고
진달래와 산수유꽃
서둘러 깨우는 봄

성급한 몸짓이라며
지나던 바람
잠시 멈추었다 눈흘기고 지나간다

밤

노을이 사라지고
어둠의 장막이 서서히 내려앉고 있다.

소란하던 만상이
어둠의 그림자에 점령되어 가고 있다
기고만장 그들은 정숙해진다.

하늘 가득 별들이 영접으로 맞고
미물도 휴식이란 연습 속으로 빠져든다.

깊어가는 밤
온 대지는
아침 맞을 준비에 소란하다.
다시 역사는 시작되는가.

바람의 그림자

너의 그림자를 보았지.
보리밭 이랑 흔들고 지나간
싱그러운 너의 흔적을 보았지.

돌아 돌아 흐르는 냇물에 앉아
물길 따라 춤추는 너를 보았지.

천둥치며 쏟아지는 비바람 그친 자리에
상처를 두고 간 너.

바람은 집시의 사랑인가?

불면

방안 가득
어둠을 삼키는 초침소리
불면에 시달리는 섣달 보름밤.

차가운 달빛은 창가에 내려와 졸고
어디선가 여린 나뭇가지 숨소리에
자리를 차고 일어선 밤.

동녘하늘 여명이 하루를 깨운다.

우체통

빨갛게 헐벗은 모습으로
문방구 앞에 서서
오늘도 사연 담은 편지를 기다린다.

누구 하나 관심 주는 이 없지만
찾는 이 있어 묵묵히 기다린다.

문명의 이기에 밀리지 않고
내 가슴에 아날로그로 기억되는 너
나는 외로움을 잊는다.

사연이 쌓일 때
어느 곳으로 가야하나 고향을 묻는다.

그대를 가슴에 담고 사는 사랑이기에
나는 날개를 펴 그대 곁으로 날아간다.

겨울 나무

햇빛 뜬 스산한 거리
잘려나간 나뭇가지마다
바람이 스친다.

석양은 빈 가지 사이로 떨어지고
새들은 어둠 속으로
계절을 물고 날아가는데

그 허허로운 거리에서
화사한 사연 안고 올
새 봄을 기다리며 의연하게 서 있다.

나무가
내가

분재의 운명

벌도 나비도 오지 않는 실내에서
좌절한 시간마저
철사로 묶여 거꾸로 서 있다.

계절의 미풍과 새소리,
바람의 흔들림 느끼지 못하고
날마다 기형으로 변해가는 나.

그래도 나는 본성을 잃지 않기 위해
꼿꼿하게 고개를 든다.

봄에는 꽃을 피울 거야.
눈 내린 창밖을 보며
꿈을 키운다.

내일이면 축하화분으로 가야하는 운명
나는 분재.

폐교의 운동장

오늘은 졸업식 하던 날
옛 추억 찾아 운동장에 섰다.

시간이 밀려간 자리
뾰족이 비비초 얼굴 내밀고
선생님 모습, 친구들 소리도 그 곳에 묻었다.

여름이면 그늘을 지워주던 소나무
기울어져 모습을 잃어가는 빈 의자.

재잘대던 아이들 어디 가고
의자 밑엔 노란 민들레 활짝 피어
그 옛날 아이들 기다리고 있는가.

달팽이의 꿈

작은 더듬이로 세상을 감지한다.
풀숲을 좋아하는 너.

이슬 맺힌 가지를 잡고
스치는 여린 바람에도 놀라
움츠리는 너.

작은 집을 머리에 이고
그 속에서 안주하는구나.

자운영, 아지랑이 너울 쓰고
박새 할미새 즐거워 춤추는데

햇님은 너를 깨운다.
아름다운 세상이 너를 기다린다고.

반지의 추억

지워지지 않는 그리움 하나
물 따라 흘러간 기억들
작은 은반지.

지나온 세월 서리서리 감고
호신어 글귀가 반짝인다.
곁을 떠난 자식 지켜주고 싶은 애틋한 마음.
은반지 위에 새겨진 글귀에 위안을 얻었는가.

당신의 영혼이 같이 했던가.
지금의 안녕이 그대의 지킴이었나.
인생자락 안고 같이 해 온 지난 세월
초라해진 나를 위해 위안을 주고 있다.

나가사끼 언덕 (나비부인을 생각하며)

읍새가 집을 짓고 꽃이 피면
오신다던 그님.

몇해가 지났는가.
올해도 소식이 없네.

멀리 보이는 작은 섬들
바다로 바다로 배웅 나가고
노을이 강 언덕을 물들일 때

바다로 나가던 작은 섬들 닻을 내리고
그 자리에 머물러있다.

별들 바다 위에 내려 눕는다.

갈수록 깊어가는 그리움
오늘도 꿈속의 언덕에서 서성인다.

오늘이란 엽서에 담는다

반복이 없는 날들
나에게 부여된 특권
순간을 영원처럼 여기며 안주한다.

시간이 흐른다.

나도 따라 변해가고
내일이란 순간들이 다가오면
오늘이란 시간이 밀려간다.

서쪽하늘에 머물러 있는 노을
나뭇가지마다 걸어놓고
이별 서러워 사라지지 못한다.

사라지는 오늘 포로가 되어
검은 장막 속으로 흘러간다.

가물가물 잊혀져 가는 것들
추억되어 만나겠지
나는 어디로 가고 있는 걸까.

가고 오는 길

꽃비 내리는 창가
하얀 커튼 드리우고
오시는 님 마중한다.

꽃핀 자리 파릇 파릇
잎을 내보이고
환한 웃음 짓는다.

오월의 태양
가는 님 배웅하고
오는 님 사랑으로 맞는다.

해인사 염불 앞에서

바람소리 물소리.
소쩍새 여리게 다가오는
산골 암자에서
열이래 달 내안에 머문다.

노송을 흔드는 바람소리
이 밤을 깨우고
자유로운 영혼처럼 계곡을 헤맨다.

상념을 벗어놓고
침묵의 시간으로
밤을 재운다.

여름밤

화려했던 봄날의 여정을
도란도란 풀어내던
여름밤 빗소리.

이별 아쉬워
그대 있던 자리 서성이지만
밤비에 모두 지고 말았다.

그대 모습 언제 볼까
우울한 하루.

기다림으로 채웠던 시간
안타깝게 사라지고
그리운 너
또 다른 만남을 약속하고
빗물 따라 지는구나
사랑스런 너.

솟대

누구를 기다릴까
나뭇가지 끝에 앉아
먼 산을 바라보는
솟대.

행운을 안고 올 당신을 기다리며
오늘도 무심히 지나는 구름 보내고
하루를 보낸다.

바람도 머물지 않고 스쳐간다.
기다림이
기다림을 만든다.

그리움은 사랑이다

여름으로 가는 길에
나무 향 그윽한 찻집에 왔다.

마른 꽃 한 송이
그리움을 편다.

보고 싶은 마음은
하얀 김으로 오르고
사랑은 갈색 이야기로
풀어내고 있다.
차 향이 깊다.

겨울을 이겨낸 새싹

당신의 사랑이
들꽃으로 하늘을 보게 했습니다.

들꽃향기가
세상을 더 향기나게 합니다.

겨울을 견뎌낸 새싹이
꽃을 피우게 되었습니다.

당신의 사랑이 준
선물입니다.

기다림의 창

5월의 푸른빛이
나를 창가에 머물게 한다.

신비스런 자연이 흐르고
아름다운 하루가 열린다.

기다림이 햇살을 가져 와
창을 흔들고 간다.

하늘엔 구름이 머물다 가고
그리움은 바람 되어 내 마음을 흔든다.
어느새 초사흘 달 걸려있고
날이 저물고 있다.

기다림의 창.
그리움의 창.

제3장

바람에게 날려 보내다

바위와 나무

울산 바위
건너편 소나무를 내려다본다.

서로 마주본다는 것
얼마나 아름다운 이야기인가.

모진 바람 지날 때도
의지하고 있다.

둘은 알고 있다
사랑하고 있다는 것을

그 사랑이
행복하다는 것을.

오천항

항구의 밤은
별을 잠재우고
마을 오솔길도 초가집도 잠든다.

항구의 어선들
흔들림으로 졸음을 깨우고
갯벌 조개 입 여닫는 소리에
밤이 깊어진다.

내일 이른 출항을 위해
깊은 잠에 든다.

이별

갈대 우거진 강가
작은 배 한 척 머물러 있다.

산호빛 노을 속에 집새들이 날아들고
초사흘 눈썹달이 마중 나와
허허로이 떠 있다.

한줌 재가 되어 그곳에 머물러 있는 너
다하지 못한 이승에서
사연 버리지 못해
이별하지 못하는구나.

공(空)의 사상 깨우친 그대
미련과 육신의 흔적을
갈대숲에 묻어 두고
가벼운 몸짓으로
그곳 가게나.

어머니

여름비 그친 날
햇살 실은 바람이 창문을 두드린다.
닫혀있던 창문이 열리고
뜨락 가득 놓인
기억을 만난다.

기억에서
어머니가 걸어온다.
함께 어울려
들길을 걷다가
앞서 걷는 햇빛 속으로 사라지는 어머니
내 어머니.

자연의 신비

나를 치유하고 있는
자연의 아름다움

무한의 주파수를 갖은 안테나
힘센 마력은 어디서 올까
존재하지 않는 삽화들이 다가오면
환상 속 함성이
나를 잡는
그대는 누구인가.

영혼의 목소리 남기고 떠나면
꿈이라 하겠지
여운이 부드럽게
보듬고 있다.

보도 위에 자란 풀

보도 위에 자리하고 있는
이름 모를 풀.

적은 흙이라도 사양하지 않고
돋아나는 풀.
생명의 환희가 왁자하다.

밟고 지나는 자리
소리도 못 지르고
숨죽인 채 눈물만 흐른다.

발밑에서 바스락 진저리치고
자리를 지키는 모습.

작게 살아가기
너의 인내 닮고 싶다.

내가 거기에 있다.

내면의 삶

내면의 거푸집
생각으로 그물을 친다.

심연의 열쇠를 가지고
들여다본다.

무의식 속 안개 낀 언덕에서
끝내 찾지 못하고
흩어지는 기억들.
구름 되어 흩어진다.
이 몸은 본능의 일상으로 돌아오고
내일을 기다린다.

강물처럼

가을 언덕에
외롭게 흔들리는 나무
빛바랜 잎새가
강물을 바라본다.
소박한 영혼에
환한 미소가 인다.

넓게 안고 가야 할
길고 옅은 계곡으로 바람이 흐른다.

꿈이
넓은 우주를 향해 길을 내고

집중하며 흐른 강물
내 일상처럼
계절이 흐른다.

그리움

알아주지 않는 그리움이다.
지워지지 않는 외로움이다.

봄산에 아지랑이 피고
붉은 꽃 파도가 인다.

그리움에 돛을 달고
빈 가슴으로 떠난다.

봄은 그렇게
산으로 왔다가
산으로 간다.

바람에게 날려 보내다

가슴에 머무는 사연
오늘따라 허전하다.

그리움으로
시간은 지고 뜨고

텅 비인 마음에
생채기만 남아
약속했다.

그리움을 안고 가기엔
때로 눈물겨워
그리운 마음.

가을에는 반쯤 날려 보내리
바람에 부탁했다.

노인정

외로움은 싫다.
모두들 생각은 같다.

삶의 뒷모습에
그림자를 얹고

굽은 허리
여리게 흔들리는 저 몸짓.

하나 둘 셋
아쉬움을 남기고

슬프게 떠날
그리움.

이미 떠나간
내 그리움.

그리운 그곳

대절산 가는 길
대나무 서걱이는 언덕
소슬바람
계절을 몰고 가는 모습.

철새도 저 산을 많이 넘었겠지.

하늘이 비단을 펼쳐 놓은 듯 파랗다.
한 가닥 내려
옷 해 입고
어머니와 오르던 언덕길을
가보고 싶다.
대절산 큰 바위
어릴 적 꿈이 묻어있는 그곳에
가을 빛 내려
옛 이야기 풀어 놓고
기다리고 있겠지.

명상

먼 산
구름 잠기듯
말없이 산중에 들어

나뭇잎
수군대는 소리에
귀 기울이면
왔다 가야 할 이야기
어렴풋이 들린다.

잡을 수 없는 생각

산사에 비가 내린다.
젖은 몸짓으로 다가서는 풍경소리.

나의 영혼을 깨운다.

부동의 몸짓으로
원근을 드리운 산사가
앞에 머물고
마음은 경계도 없이 방황한다.

잡을 수 없는 생각들이
먼지로 날아다닌다.
마음이 따라다닌다.

모란 미술관 창가에서

깊어지는 계절
허무로 서성이는 낙엽
사색에 들어섰다.

햇살 고운 창가에
수척해진 잎새를 보며
지난날을 회상한다.

떠난 사람 그리워지는 계절
간직했던 사연
가을 바람에 실어
어디로 보낼까.

낙엽이 창가에 내린다.
저녁노을에 보내온 편지
노을빛에 외롭다.

그대도 나만큼 외로운가 보다.

금강 가에서

그대의 흔적 곁에서 서성인다
봄이면 버들강아지 피고
물안개 나는 언덕
금강 변.

시간 속으로 사라져 간
옛 이야기 풀어놓고
그리움에 잠긴다.

그대
대지와 하늘을 품고 나는 모습
금강 물결 위에 아른거린다.

곰나루 백사장에
그리움이
모래톱으로 쌓인다.

새벽을 깨우는 북소리

깊은 산사
아침을 깨우는 예불
장엄한 북소리.

긴 여운만큼이나
돌아오는 메아리 오래다.

산천의 미물들
깊은 잠에서 눈 뜬다.

계곡에 쉬고 있던 물안개
풀어 올리고
새벽내음
산새의 하루가 시작된다.
햇무리는
푸르름으로 번지고
안개에서 벗어난
봉우리 우렁차다.

시공

자연과 바람 사이
울타리 없는 공간이
회색도시에서 뛰어나와
나를 찾아 떠난다.

대자연 끝에 펼쳐진
넓은 쉼터.

맑은 영혼이 진실 속에
취해있다.

찬란한 우주
지난날 지워진 풍경이 살아나고
자연 품에 안겨
안식에 든다.

행복나눔

함박눈 내리던 날
꽃다발 한 아름
작은 카드를 안고 왔다.

황홀함으로 보낸 하루
나는 누구에게 감격을 주어 보았는지

부드러운 미소
마음 담은 사랑
정성 어린 선물

누군가 행복할 수 있다면
나는 그 길을 찾아보련다.

눈

바람에 몸을 맡기고
펄펄 하늘을 날고 있다.

땅에 닿으면
쓰러져야 하는 몸
마냥 날고 싶다.

날고 날아
그리운 그대 있는 곳에
사뿐히 내려 앉아

순백의 천국 만들고
예쁜 꿈 꾸고 싶다.

첫눈

하늘가엔 첫눈 내리고
내 가슴에는 추억이 내린다.
시작이라는 이름으로
사랑이라는 이름으로.

추억

보이지 않는다.
잡히지도 않는다.
외로울 때
나 혼자 꺼내보는 보물.

추억은
내 소중한
보물의 창고.

송아지

가을이 여물어 가는 언덕
어미를 생각하며
하늘 향해 울었다.

움메 움메 움메

돌아 올 듯
엄마를 찾아도
먼 산 메아리로
돌아오는 소리.

엄마도
가슴으로 울었다.

봄이 오는 길목

서둘러 봄을 찾아 나섰다
싱그러운 표정.

솟구치는 생명의 분출
만물을 깨우는
봄의 힘.

엄동을 밀어내고
생동하는 모습 아름답다.

멀리서 온 찬란함이여
이 마음 열어 환영한다.

앞산자락

눈 덮인
산자락이 아름답다.

칼바람 쓸고간 골짜기에도
눈옷을 입었다.

여름 장마에는
여린 가지 흔들어가며
묵묵히 자라더니

겨울 되어
지나온 계절을 잊고
잠을 자려나

흰 눈 이부자리 삼아
소복소복 받고 있다.

나무 꽃 바위 바람
모두 안고 잠든 산

자고 나면
봄볕 내리겠지.

그대가 머무는 곳

삶의 경계선에서 한발 내딛고
너는 내 곁을 떠났지.
외로운 모습으로 기억되고 있는 너
그 곳 얼마나 아름다울까.

네가 좋아하는 진달래꽃은 만발했니?
백열등보다 촛불이 좋아서
즐겨 밝혀 두던 창가.

커피향이 좋아서
손에서 놓지 않더니…

새로움을 낯가림 하며
익숙함만 고집하던 너.

헤어짐은 어쩔 수 없는 일.

일상이라 생각하며 받아들인다.

살면서 얼마나 많은 이별을 해야 하는지.

하늘을 본다.

외로운 하루가 걸려있다.

간월암

바다를 깔고 앉아
푸른 미소를 짓고 있는 너
미풍에 가벼운 몸짓을 한다.

돌섬에 해오라기
긴 목에 세상 모든 슬픔 품고
무엇을 기다리는가.
오래도록 혼자이구나.

아련히 보이는 건너편 도시에는
문명에 휘감아 도는 모습
현란한 불빛 속에 쌓여있다.
상반된 모습 속에서
참 나를 찾아본다.

간월암 누각에서
한없이 작아지는
나를 만난다.

오월의 숲

5월 햇살에
잎사귀가 숲을 흔든다.

여름이 열리고 있는 숲
나무가 어우러져 숲을 이루고
새들이 모여 피안을 이룬다.

숲 사이 골짜기에
생명의 의지가 가득하다.

햇살 좋은 오늘
나는 5월을 내려놓고
싱그러운 자연인이 된다.

그대가 보내온 향기

푸르름으로 여는 계절
햇살 고운 창가에서
지난 날 동화 속 이야기.

아직 남아 있는 온기를 안고
기다림의 초조함을 잊는다.

담겨있는 언어들
창가로 나와 별이 된다.

그대 그리운 오후.

소

허허로운 들판
비탈길 언덕에
누렁이 한 마리
숱한 사연 눈망울에 담고 있다.

흰 구름 스쳐가고
누렁이는
기억을 되새김질하며
슬픈 사연 날려 보낸다.

기다림

담장이 허술한 빈집
주인을 기다리며
목을 길게 내밀고
밖으로 밖으로 자라나는 감나무.

멀리서라도 보라며
빨간 홍시를 달았다.

바람이 쓸고 가는 길목
오가는 발걸음에도 귀를 기울이며
떠난 사람 기다리는 오후.

그리움의 흔적이
오롯이 달려있다.

주인을 기다리며
오늘도 외로운 하루가 지나고 있다.
외로운 만큼
키가 자라나는 감나무.

가을

태양빛도 순해지고
해를 따라 돌던 해바라기
고개를 외로 꼰 채
가을 그림자에 젖어있다.

노랗게 물드는 은행잎.
소슬바람에 놀라
단풍나무 사이로 숨는다.

갈대가
바람으로 핀다.
꿈을 꾼다.

사계절에 담긴 사연
바람이 푼다.

가을이
외롭다.

제4장

이런 친구가 있으면 좋겠다

단풍

한생을
부지런히 살다간 흔적
가을바람에
더 붉다.

가슴에 피는 꽃

들꽃
소슬바람 따라
가슴에 피는 꽃
마음 들뜨게 하는 꽃
영원한 나의 꽃.

산 사랑

꽃이 준 사랑
꽃이 지니 사라지고

앞산 자락이 준 사랑
사계절 아름다움
영원하다.

그믐날 밤

그믐날 밤에
별이 총총
하얀 박꽃이 활짝 웃는다.

눈썹달 기울 때

눈썹달 서산에 기울 때
어스름이 저무는 아름다움
사랑하기 전에는 몰랐다.

사랑하고 있는 중

꿈을 찾아
바다로 가던 강물
파도 되어
나에게 돌아온다.
우리는 지금
사랑하고 있는 중.

대화

수평선 넘어
네 영혼이 부르면
대답한다.
나도 대답한다.
우리는 친구.

봄밤

도란도란 내리던 봄비
자리걷이하는 겨울.
그늘 속 잔설
눈물로 내린다.

엄마의 마음

까맣게 타들어간 엄마의 마음.
기도로 키운 자손.
행복이다.
축복이다.
사랑이다.

초사흘 달

서쪽하늘 눈썹달
빨리 사라지는 사연
갈대밭에 숨겨놓고 갔다.

꽃잎차

마른 들꽃차
찻잔에 동 동 동
이별 아쉬워
마른 잎으로 찻잔에 들어왔다.

산사의 풍경

바람소리 윙윙
풍경소리 땡그랑 땡그랑
계곡 물소리 졸 졸 졸
토방의 강아지
자연의 연주에 취해있다.

향기

꽃은 향기를 바람으로 전하고
사랑의 향기 눈빛으로 전한다.

수수한 일상

수수한 일상
소중함을 들꽃이 보여준다,
맵시가 곱다.

겨울비

회색 하늘에 비가 내린다
찬바람에 밀려오는 겨울이
비를 타고 내린다.
비가 내린다.
겨울이 내린다.

인생이란

희망 환희 만남 이별
모아 놓은 드라마.

들꽃

들길에 내려와 노닐던 별
미련 놓지 못해 들꽃이 되었다.

흔적

떠난 뒤에 남겨진 여운
너
그리고
삶의 조각들 모음
나

이슬

꽃잎에 달린
새벽이슬
구름 되어
내 가슴으로 떠간다.

바람

바람이
창문을 두드린다.
내가 있는 것을
어떻게 알고.

사랑인 것을

바람이 담아온 연민으로
생각나는 사람이 있다는 것은
향기로운 행복이란 증거
일상이 윤택하다는 확신.

보고 싶고
그립고
기다려지고

아직도
사랑하고 싶은
마음이 먼저인 것을.

해당화 꽃

당신이
바다에 길을 내고 오리라 생각했다.
섬 사이에 다리를 놓고
길 따라 오리라 생각했다.

찻잔에 물이 식기 전에
해당화 꽃 지기 전에
오리라 생각했다.

해가 서산을 넘어갈 때
붉은 노을 남겨놓고
떠나는 것이
나를 위로함인 줄
늦게야 알았다.

흙의 음성

언덕을 이루며
나무를 지탱해 주는 힘.

고고한 자존심을 내리고
태어난 항아리.

자연과 문명 사이
본래의 속성에 귀 기울인다.

동질의 물질성을 안고
꿈꾸며 살아가는
목소리가 들린다.

나무

태어난 곳에서
뿌리내리고

하늘 향해 높이 솟아오르며
청청한 모습

가을되면 단풍으로 물들여 놓고
알알이 열매 맺어
모두 땅에 떨구어도
슬퍼하지 않는다.

땅속으로 튼튼히 키우며
겨울을 인내하고
봄이면 푸른 숲으로
그대를 부를 것이다.

이런 친구가 있으면 좋겠다

뉴스거리 넘쳐나고
자기 주장만 쏟아내는 세상에서
내가 아름답게 기억되는
소중한 친구가 있었으면 좋겠다.

바쁜 일상 속에서도
잔잔한 사랑으로 나를 인도하는
숲길 같은 친구가 있으면 좋겠다.

부족한 것을 채우려는
내 욕심을
조용히 드나들며 충고해주는
솔바람 같은 친구가 있으면 좋겠다.
그 친구가 당신 내 앞이나
내 밖에서 머무는 당신이어서 좋다.

가을 여행

채색되는 들길
높아지는 하늘
머언 여행길로
주섬주섬 보따리 싸는 시골길.
들꽃 기억 안고
가을 여행에 들어섰다.

그대는 누구인가

내 마음 속 제 집인 양 드나드는
그대는 누구인가
의심의 세계를 들여다본다.

내 안에 들어와 머물면서
행복을 주는 그대.

내 안에 정원을 만들고
꽃이 되게 하고
새가 되게 하는 그대는 누구인가.

내 안과 내 밖을 수시로 드나들며
날 행복하게 하는 그대.

때로는 슬펐다가
또 때로는 기쁘게 하고
감정의 폭을 넓혀
상상의 날개를 달아주는 그대는 누구인가.

마음을 열고 그대를 환영한다.
나의 연인
그대는 누구인가.

산을 오른다(인생길)

푸른 계곡 지나
가파른 오솔길 돌길을 지나
겹겹 산중
이름 모를 새들 놀라 날아간다.
같이 오르던 사람 앞서고 뒤서고
서로 힘이 되어준다.
먼저 오른 사람 보이지 않고
계곡 사이 흐르는 물결
돌 틈에 머물러 잠시 쉬고 있다.

쉬지 않고 걸어야 하는 이 길을
터벅터벅 걸어간다.
돌부리 채이고 나뭇가지 비켜가며
산 넘어 산 걸어간다.
이름 모를 꽃들 새들의 노랫소리 들으며
비바람 맞으며 가야하는 길
먼저 간 사람 뒤따라간다.
정작 무엇을 위해 가는 걸까.
미래의 길을 내고 있음에…
여정이다.

여름의 초대

채색으로 물들었던 봄도
주섬주섬 거두어
여름으로 들어가고 있다.

꽃핀 자리 튀어나온 잎
요란한 빗소리
뜨거운 태양
여름이다.

아름다운 추억 만들어
노오란 은행잎에 담아주련다.

별의 여행

냇물이 간다.
세월을 엮어놓고
그리움 찾아 간다.

그리움은
별이 된지 오래고
흐르는 물에 많은 별
여행을 간다.

별이 좋아 별이 된 사람
또 다른 별을 안고 간다.
별의 고향 바다로 간다.

나그네

주름으로 쌓여가는 날들.
세월 앞에
외로운 별로 떴다.

향기로 기억될 일들
영혼으로 남긴다.

가을 바닷가에
발자국을 남기고 간
나그네.

내 가슴으로 들어와
함께 가는 당신
초사흘 달 동행이 되어준다.

부드러운 봄바람에 몸을 풀고

아름다운 세상 보고파
겨울을 이겨낸다.

부드러운 봄바람에
몸을 풀고
빠끔히 하늘을 본다.

아
세상 모두가
사랑인 것을.